대한문인협회 광주전남지회 동인문집

세월을 잉태하여

시음사
시사랑음악사랑

동인지를 펴내면서

첫사랑을 하는 것처럼 애정 어린
눈빛과 마음, 달려가 만나고 싶은 열정
또는 저녁노을처럼 평온하면서도
아침 창으로 들어오는 따뜻한 시어

이런 시어들로
독자들에게 다가가고 싶은
향기를 한데 묶어
광주 전남지회 첫 시집인
"세월을 잉태하여"를 출간하게 되었습니다.

동백꽃처럼 한겨울에도 지지 않는
시인의 소명으로 정진하여
더욱 좋은 시로 2집 3집으로
발전하는 좋은 계기가 되고
독자들의 마음에 따뜻한 봄이 피어나기를 희망해 봅니다.

대한문인협회 광주전남지회 지회장 **박근철**

* 목차 *

nding traces of Cl

시인 **정찬열** 편

♣ **목차**

프로필

아호:鳳 嵓(바위에 봉황새) / 전남 나주 봉황면 출생 / 광주 남구 거주
전남대학교 산업대학원 제5기 수료, 대학총장 우수상 수상 (1994.02)
산업자원부 장관 표창 패 수상 (1999.01)
나주 군수표창(76.02)경찰서장표창(10.10)한전지사장(03.01)외 다수
(전)한국전기공사협회 본 협회 이사(2000~2002)
(전)광주광역시 생활인 체육회(골프연합회) 이사 (2002~2004)
(사)창작문학예술인협의회 대한문인협회 정회원(2013~현재)
(현)창작문학예술인협의회 대한문인협회 사무국장(2016년)
대한문인협회 광주전남지회 사무국장(2014~현재) 정회원
(현)문예창작 지도자 자격증 취득 2015-153호 (2015.06.)
(현)유한회사 남광전력 대표이사 (1986.03~현재)

프로필

〈2013년〉
08월 대한문학세계 시 부문 등단(칠석 밤의 산책 외2편)
11월 대한문인협회 금주의 우수 시 선정(가을 담쟁이)
12월 대한문학세계 수필 부문 등단
                    (신안 증도에 추억 외1편)
〈2014년〉
07월 대한문인협회 이달의 우수 시 선정(삼겹살쌈밥外1)
11월 대한문인협회 낭송 우수 시 선정(수련원의 새벽)
12월 광주학생문화원(김봉학 강사)작가 수업 수료
12월 "언젠가 한번 쓰고 싶은 이야기"
                    (18인 졸업 작품 발간)
〈2015년〉
06월 대한창작문예대학 제5기 수료
06월 대한창작문예대학 졸업 작품 경연대회 "금상 수상"
04월 특별초대 유화전 "유화에 시의 영혼을 담다"
                        (60명 동인지 출판)
06월 대한창작문예대학 "우리들의 여백"
                    (19인 동인지 출간)
06월 대한문인협회 한줄시 공모 "꽃비" 장려상
11월 영산강제10호(재광 나주향우회)
            詩 "영산강은 말 한다" p194 수록
12월 명인명시 특선시인선 연속3년 선정(2014~2016)
〈2016년〉
08월 대한문인협회 순우리말 공모전
                장려상 수상 2회(15년~16년)
10월 대한문인협회 금주(셋째 주)의 우수시 선정
                    (초가을의 서정)

갑오년 끝자락

갑오년의
저물어 가던 날
어둠이 밀쳐둔 침묵 속에
멀리서 들려오는 천둥소리

웬!
겨울의 천둥일까?
행여! 팽목항이 울부짖음일까?
갖가지 혼돈으로 뒤엉킨다.

밝아오는 창밖에는
분명히 눈물 되어 비가 내린다.
속 깊은 아픔을 달래려 함일까?
뇌성(雷聲) 소리 통곡을 동반한다.

아픔의
통곡의 소리다.
슬픔의 통곡의 소리다.
외로움이 변한 통곡의 소리다.
못내 그리움이 통곡을 한다.

동산 숲 외로운
나뭇가지에 방울방울
피눈물이 매달려 있다.
하염없이 흐르는 눈물의 통곡

한겨울에
보기 드문 노여움 소리
노란 리본 한 맺힌 한 해였든가?
12월도 저무는 31일 날 아침
숙연해진 통한의 뇌성(雷聲) 소리

누님의 우애

정찬열

형제자매
한자리하는 날
누님을 모시려 댁으로 갔다
행여 한발이라도 일찍 나오셔
차내에서 건네주는 플라스틱 통
그 속엔 차곡차곡 절인 들깻잎
겹겹이 걷어내도 줄지 않는다.

간장으로
절인 들깻잎에는
수많은 별 대신 누운 참깨가
깻잎마다 뿌려져 은하수 되어
어머님을 빼닮은 그 솜씨엔
누님의 음식 맛 들깻잎 장아찌
옛날 그대로이신 어머님 손맛

절인 깻잎 한 장에
푸릇한 고향을 추억한다.
입맛을 돋우어낸 주름진 약손
그 정성 잊으리까? 어머님 손맛
잊힌 옛날 어머님의 파노라마가

손수 가꿔
절인 깻잎을 넘길 때
울컥 눈물에 목이 멜까?
못다 해준 성품을 깻잎으로 전해줄 때.
깻잎 속에 누님의 숨결이 툭 터지면
내 몸속에 동그란 추억은 이슬 밭 된다.

맨발로 걷는 길

정찬열

매미들의 합창
요란한 소리는 계절 태우고
숲속에 청정한 맑은 냇물이
골짜기 시원한 얼음물을 토해낸다

극락교를 지나면
왕생극락에 주인이 되는 듯
강천산 숲에 한적한 고찰 앞
선조들의 넋이 살아 숨 쉬는
삼인데 전각에 절의 탑이 이색이다.

80m 높이에서
낙수 지는 군장 폭포 앞
전설 따라 남녀 성(性) 주제 공원이 있고
산골 속 강천 지(池) 찬물 내기에서
발원한 맑은 물은 계곡 따라 흐르고
십장생 교와 비용 교위로 떠 있는
하늘을 가로지른 현수교가 위용이다

화문 산자락
섬진강 줄기, 살아 숨 쉬는
전라북도 순창군 산동네 강천산 계곡
산 숲 따라 오르내린 이십 리 길
건강 담아 만들어진 맨발로 걷는 길

삘기 꽃 필 때면

정찬열

무더위가
힘겨운 늦은 봄날
바람이 살랑대던 후 덥던 날에

에움길
달리는 차 창 밖으로
하얗게 물결치는 삘기 꽃 너울
은빛 물결을 만들고 있다.

가슴 한편에
가물가물 넘나들고
삘기 꽃물결 너울 따라서
아스라이 포개져 추억 속에 잠들고

해마다 반복되는
초여름의 길목에서
세상은 변해도, 그냥 그렇게
변함없이 펼쳐지는 에멜무지로

은빛 물결
흔들림 속에 순이는
잊히지 않는 에로티시즘
툴 아진 추억하나 채워가는 긴 한숨만

에멜무지로 : 말이나 행동이 헛돼는 셈

11

모양 성 장송 목

정찬열

모양 성 성곽 내
객사 뒤에는 커다란
적송 목이 버티고 있다.

조선 단종 원년(1453)에
외침을 막기 위해 제주도를 비롯한
19개 현의 백성들이 1,684㎡ 축조 쌓은
성곽 내에는 수백 그루 적송이 서 있고
그 옛날의 역사를 지키고 말없이 서 있다.

육백 년이 넘는 장송 목에는
수술 자국 시멘트를 껴안고 있다
그 역사를 재현하는 모양 성(城) 축제일
여섯 살 난 외 손주를 동행한 자리였다

성곽을 따라
'두 바퀴를 돌면 무병장수요'
'세 바퀴를 돌고 나면 극락 승천' 전설 속에
그 시절을 재현하는 사또며 관찰사가 등장하고
아직도 곧은 절개를 자랑하는 의젓한 장송 목이
한 시절의 영화를 뽐내고 지키고 있다.

가을 한때는
억새꽃이 장관을 이룬 성곽 내
지금은 간곳없고 새롭게 피어나는 구절초
가을의 날개들이 은연히 향기로 흩어지며
그 옛날의 600년 역사를 지키고 서 있는 장송

목련꽃 지는 밤에

정찬열

오지랖을
몇 차례 걸쳤는지 희미한 기억

눈바람에
피어나다 지쳐선 멈춘
기억만이 맴도는 힘겨움 뿐
봄의 기지개로 목련은 피었습니다.

어찌하여 멈칫멈칫하였는지
봄기운 삭풍에 시달림을 했는지
나는 겉만 보와 알지를 못합니다.

그냥
별 밤길을 운동 삼아 걷노라니
비둘기 몇 마리 앉았다는 생각에
무심코 지나치는 초저녁 밤이었습니다.

하지만
이 밤에는 하얀 목련화를 만났고
몇 날을 지새우면 떠날 거로 생각하니
마냥 붙잡고 싶은 그리움을 느껴봅니다.

목련꽃이 지고 나면
지금의 이 추억도 사라지는
이순의 끝 언덕, 서러움이 몰려옴을

하나씩 떨어지는
목련꽃의 고뇌를 삭이며
울적함에 봄 결이 완연한 초저녁 밤 이여라.

오지랖 : 윗도리에 입는 겉옷의 앞자락

붓-방아 찧는 시인

정찬열

낚싯대에
미끼를 끼워 던지면
조용한 물 위에 거품 남기고

물 위에는
복수 대만 동그마니
수많은 물고기가 활동해도
미끼의 유혹을 거부한다.

한순간
먹이를 물었다
복수대가 요동치고
스치는 긴장은 멈추지 않는다.

널브러진
잡념들을 진정시키고
경계심을 놓지 않고 집중을 한다.

마중물 같은 찌 놀림에
낚싯대를 손에 쥘 듯 잡으려 한다.
가장 집요한 챔질을 했을 때
잡어라도 낚아 올리듯

한편의 작품이
물 밖의 세상에 들춰 보낼 진데

시심을 품어보는
자아의 머릿속에는
기억 속에 살아진 붓-방아만 찧어대며

아버지의 가르침

정찬열

나도 모르게.
술상 앞에 앉으면 무릎이 꿇어진다.
어릴 적 사랑방에 손님이 오실 때면
넷째야 어서 와서 손님께 인사드려라
교양을 가르치며 인사를 하게 한다.

언제나
소박한 소반에 간단한 안주상이다
한쪽으로 밀친 술상이 한쪽으로 밀려지고
네! 하며 곧바로 손님께 큰 절로 인사한다.
손님 앞에 무릎을 꿇는 것은 예의범절이다
다음은 술 한 잔 따라 올리라고 가르친다.

그렇게
자식의 훈 교를 가르치신 아버지
세상과 이별을 피하는 방법은 없다고 하나
아버지는 왜 이다지 재촉하지 않아도
숙명으로 예약된 길을 갈 수 있으실 텐데
86세의 일기로 결코 그 길을 가셨습니다.

하례와 같이 받은 정을
그렇게 즐겨 드시던 술도 물까지 희석해 드시고
끝내는 정을 떼고 그렇게 우릴 두고 가셨습니다.

내 나이
육십 년에 반 십 년을 넘긴 지금
아버지의 가르침은 버릇처럼 잉태가 되어
살아 숨 쉬는 교훈으로 남아 있네요.

아버지!
선망과 존경의 대상인 우리 아버지
이 아들은 당신의 삶을 사랑으로
내가 살아가는 든든한 기둥으로 자리합니다.

아름다운 동반자

정찬열

홀쭉한 몸매에
긴 머리 날리며
내 마음 사로잡은
짚 세기도 제-짝인 양
낮 설은 시골길 찾아온 여인

백합꽃
같은 향기는
은은하게 피어나는 야생화처럼
양장점 재단사로 찾아든 여인
아름다운 그대는 내 이상형의 여인

한여름 밤
박꽃 같은 소박한 얼굴로
내 마음 끌어내는 아름다운 여인
나 하나 믿고 살며 온갖 역경 이겨낸 사람

곱게도 머물러준
꽃 같은 속 깊은 여인
산호(珊瑚), 홍옥(紅玉), 혼식(婚式), 걸쳐 지나온
40평생 고락을 같이해온 나의 반려자(伴侶者)

나의 환갑 전 맞아
사경 속에 나를 살려낸 사람
영원히 붙들어두고 사랑해줄 구세주
그 여인은 하나뿐인 아름다운 내 동반자(同伴者)

연꽃 피는 곳

정찬열

한때는
낚시터였던 곳에
연꽃과 넓은 잎이 가득하다

무더운 삼복
칠월의 장마에도
잎 대 버텨서며 물 위에 떠서

키 작은 연잎
실바람 넘실대는 물살에
개구리 잎사귀 위에서 뱃놀이한다.

키가 큰 잎에서
떨어지는 물방울
또르르 낙수 되어 넓은 잎에 구른다.

썩어가는 시궁창에
꿋꿋하게 자라나는 연꽃
진주 같은 물방울 굴러가는 연잎 사이
아름다운 자태로 피어나는 연꽃 송이

오염 끼든 언못에도
극락 화(極樂 花)를 피워내는 꽃
물방울 굴러가듯 너의 모습은
왕생(往生) 안락 아름다운 청정한 그곳

양민 위령탑

정찬열

철야 마을
앞 숲—정이 에는
1951년(辛卯) 2월 26일에 자행된
양민학살 추념 탑이 외롭게 서 있다.
남북 분단이 낳은 역사의 희생자들

가난의 질곡에서
벗어나지 못한 농민들
산나물을 구걸하든 산 아래 민중들
빨치산 입산자라 억울함도 모자라
부역의 연결자라 누명을 흠뻑 쓰고

나주 경찰 특공대에
꼬드김과 위협으로
모두가 나오라 한 부녀자들
철야 마을 뒷산으로 끌려간 삼십 이명 중
처참하게 총살당한 28명의 민중의 넋

작전 중 사살 자라
남겨진 왜곡된 현실에
무참하게 총살당한 동박굴재 사건을
진실화해 위원회의 권고에는
왜곡된 진실과 명예를 회복하란다.

2002년(壬午) 3월 20일
뜻있는 헌납자들이 세워놓은
민중들의 처절한 역사 탑이 살아 숨 쉰다.

희생자 중 작가의 작은 숙부 당시 30세 정문채

어머님

정찬열

잎 떨어진 나뭇가지
당차게 가지 품어 만든 밤 가시
알맹이는 어디로 가고
빈 껍질만 가지 끝에
드레드레 초라한 차림새일까?

자기 몫을
못다 한 초라한 모양새다
없이 살아도 모두 떳떳하게 키운
내 어머니의 가녀린 몸뚱이처럼

눈부시던
봄, 여름도 있을 듯하지만
잎이 떨어지고 난 흘러버린 삶 속에
생각 없이 텅 빈 마음 추슬러진다.

발아래 귀뚜리
고즈넉한 먼발치에서
오는 가을을 반기고 있는 것처럼
어머님 한뉘에 바램이라도 하듯
살아서 못다 한 즐거움을 바라면서

가시는 뒷모습에
햇살은 해설피 진다.
그때 가장 그리운 혜윰이 들어
가없이 사랑하는 어머니가 그리워진다.

드레드레 : 물건이 매달려 있는 모양　/　가난살이 : 가난한 살림살이
고즈넉한 : 잠잠하고 호젓한　/　한뉘 : 한평생
해설피 : 해가 기울어져 약 해져　/　혜윰이 : 생각이
가없이 : (방) 한이 없이

시인 정병근 편

♣ 목차

프로필

2013년 대한문학세계 시 부문 등단
2014년 대한문인협회 금주의 시 선정
2014년 올해의 시인상 수상
2015년 한국문학 발전상 수상
2015년 명인명시 특선시인선 선정
2016년 명인명시 특선시인선 선정
사) 창작문학예술인협의회 정회원
대한문인협회 광주전남지회 정회원

시인의 말

꽃은 자연의 소리에서 피어나고
서로가 조화를 이룬 가운데 영글은 씨앗은
토실토실한 열매를 맺힙니다.

힘없는 날갯짓이라도
푸른 하늘에서는 날고 싶습니다.
시인의 깊은 생각 속에서 깨달음을 얻고
그 마음 안에서 용기가 생깁니다.

세상에서 가장 멋진 사람들
그분들이 품은 꿈이 있기에
우리들의 삶은 더욱 아름답고
향기로울 것입니다.

기쁨

정병근

우리 집에는 날마다
기쁨을 주는 아기가 있다.

양쪽 손과 발을 움직여 까부르며
하늘 날기를 하고
뒤집어 앉기
앉다가 쿵~ 넘어지는 익살

웃기도 하고 짜증도 부리며
감정표현을 잘하는 아기

음마, 라고 옹알거리면
엄마라 했다고 강조하며
한바탕 웃음바다가 된다.

뭐든 손에 잡히면 입으로 가져가
혀를 날름거리며 핥는다
그건 먹는 게 아니거든.

기도하듯 양손을 오므리고
왼쪽 발바닥을 오른쪽 발등에 얹고
옆으로 잠자는 모습까지도
천사같이 예쁘다

아기의 하는 짓 하나하나에
우리네 가족은 늘 행복하다

내일이면 어떤 행동을 보일까
하루하루 변해가는 모습이
가족 모두를 즐겁게 한다

사랑해. 사랑해
건강하게 자라다오. 아가야~

껌 딱지

정병근

부모의 애정을 충분히 받은 어린이
그 아이는 티 없이 맑아 보인다

아이를 볼 때마다
늘 엄마나 아빠를 껴안고 있다
깊은 가족사랑 이다

엄마 아빠는 출근하는 것으로 보이고
아빠 바짓가랑이 잡은 잠이 덜 깬 아이는
날마다 어린이집으로 보내지는 느낌 · ·
·
·
1년 후
이름은 아직은 모르지만
내가 지어준 별명. 껌딱지로 부르자
껌딱지 에게는 그와 다정히 손잡고 다니는
언니가 있다

그 어린이들이 한 달이 다르게 무럭무럭 커간다
언니는 초등학생 껌딱지는 유치원생?

모든 어린이가 그런 건 아니지만
유독 그들 자매는 인사성이 밝다
물론 부모의 예절 교육 강화가 있었겠지만

삼이웃(三_)같은 그들 부모도 안면은 없다
단지 한 아파트 같은 동에 산다는 이유뿐

화목한 환경 속에서
친구들과 잘 어울리는 어린이가 되고
열심히 공부하는 꿈나무로 성장하기 바란다

예쁜 아가들아
좋은 일들만 너희 앞에 가득하기를.

어느 수녀님의 사랑

정병근

누워서 똥을 누는 할머니
그 똥을
말끔히 치워주는 수녀님.

그렇다
사랑은 너무 쉬워서
아무나 할 수 있는 일이다

쉬운 사랑의 조건은
희생적인 헌신만이
고귀함을 안다

너무나 아픈 사랑은
사랑이 아니란다

끝없이 아름다운
그녀를 만나고
한뉘를 물으며 고개를 숙인다

그렇다
사랑은 너무나 쉬워도
아무나가 할 수 없는 일이다

어머니 닮은꼴

정병근

장모님께서 늘 하시는 말씀
자네는 장가 잘 왔어.

꽃피는 봄이 오면 가실 거라 했다
영혼을 불러 떠나가는 새벽

띄엄띄엄 한 걸음씩 옮겨가는 희뿌연 안갯길
검은 갓을 쓴
저승사자가 장모님을 모시고 갑니다

고춧가루보다 더 매운 시집살이
벙어리 3년을 지키셨나요
아픈 마음 조용히 내려놓고 가셨지요

근데 아내가요 부엌에서
반찬 한 가지에 물을 말아 먹네요

스스로 그리고 있는
장모님 닮아가는 자화상

천연하게 버티는 아픔
그리웠던 깃이 더 아프답니다

그래요, 잊음과 그리움은 닮아가면서
이렇게 아픈 환영으로 남습니다.

어느 날

정병근

가끔은 가던 길을 지나서
빛깔 린 길을 가다가
기쁜 날 샛길을 걸어가더니만…

그이가 짠~ 하게도
이승에서 뵐 수가 없는
어머니를 얘기하고 있다

항상 좋으셨던 아버지는 어떤가
어둠 속에서 빠른 속도로
세평 남짓 집을 지으셨다

어느 날, 그 딸이
아버지 어머니와 비슷한
징후(徵候)로 앓고 있다

저승의 아버지와 어머니가
이승의 딸에게
오늘 병문안을 오셨다.

불경 소리

정병근

이마 주름이 약간 파인
몹시 화가 난 얼굴로
내 앞에 깡마른 솟대가 서 있다

아침을 여는
긴 시름을 지우는 흰빛 머리에 대고
불경을 왼다

안방에 불은 끄고 나오고
장판은 껐는지 확인하고
시트에 오줌은 앉아서 싸고

관세음보살
수컷의 본능이니
영역 표시가 되었나?

근데 팬티에 누가 물을 뿌렸지?
갈아입고 또,
불경 소리 내 뒤를 따른다.

미꾸라지 승천

정병근

세차게 쏟아지는 소나기 따라
승천을 꿈꾸는 미꾸라지

몇 천 년을 그렇게 포기하지 마,
진짜로 승천하여 용(龍)이 될지도 몰라

거센 바람을 타고 하늘로 승천하는
미꾸라지.

아무리 용트림 써봤자 집시랑에 바둥거린다
용이 용 되지 미꾸라지가 용 될까

또다시 횃대 밑에서 바둥거릴 거면
쓸데없이 오르려고 용쓰지 말란 말이다.

고문 기술자

만성피로 증후군…
만신창이 심신이 지쳐 있다
하룻날 나를 내 던진다

등을 뜨겁게 달구고 장금이가 내 몸에
침을 꽂으며 마각을 드러낸다

독립운동을 했냐고 묻는다
도대체 무엇을 알고 싶은 건가

마녀사냥 확실치 않아도 그런 느낌?
꽂은 침에 전기를 연결해
전기고문 강도를 높인다
독한여자 전기고문 기술자

잔인한 고문 의자에 앉힌다
뒤틀리며 쥐어짜는 뼈마디의 비명
침대에 눕히더니
봉으로 등을 치고
발에는 고문 장화를 신겨 비틀어 짠다

물침대에 눕혀 다리 끝에서 머리까지
불대포를 쏜다
걸프전의 융단 폭격이다
3일째 고문 받던 증후군
고문을 견디지 못하고 죽어간다.

홀로 핀 꽃

정병근

언제 까지라도 홀로 가는 길
유난히도 달빛이 밝다
홀로 핀다는 건 슬픈 일이다

달빛 옆에서 지키고 있는 별빛이
유별나게 반짝인다
사랑이다

어두운 밤 촛불과도 같은 것
청춘 별곡이 있었듯
한때는 목련꽃도 눈물을 삼켰다.

첫서리 내리던 날
뚝 길에 서서
우두커니 먼 산을 쳐다보는 저 여인

바람은 꽃씨를 업고 달리고
홀로된 여인은 감동하여 운다
홀로된 꽃은 슬픔을 머금고 있다.

시니어 인생

정병근

달콤한 우유 거품 사이로
비비고 들어갈 해탈의 자리
몸통을 붙잡고 있는 낙엽 하나가 탈락 한다
땅에는 기고한 사연들이 똬리를 틀고 앉았다
참새떼 목욕하는 따가운 가을 햇볕,
스멀스멀 쳐들어오는 삶의 무게
시퍼런 작두가 날을 세운다
나를 채근하지 말고 내 몸을 불태워라
사리가 바리바리 달려 있다
눈만큼 게으른 게 없다더니
남의 참견 말고 제 발등에 불 끄지.
지나간 소낙비에
벼락 맞은 오동나무 둥둥거리며 울고 있다
부처가 따로 있냐.
지난날 땀을 뻘뻘 흘리며 된더위와 놀아볼 양이면
묵묵히 일하는 내가 부처인 게지
골목길 허리가 휜 파지 줍는 노인네
손수레가 넘친다
소금 저린 티셔츠가 지난날의 아픔을 딛고
난 살아도 떳떳하다.

배롱꽃 사랑

태양은 홀로
하루를 보내고
산 넘어 일탈하지만
햇빛 먹은
배부른 배롱꽃은 밤의 대화를 준비한다

나는 달빛의 그림자에 포위당한다
이곳을 떠날 수가 없다
굳이 마음을 드러내놓은 저 꽃과
헤어지기를 원치 않는다
분명히 저 꽃은 나를 탐(貪)하고 있다

가슴이 쿵쾅쿵쾅 뛴다
아무도 모르게 슬며시 뽀뽀 하고 싶은데
조심스레 다가가
팔을 잡아당긴다
녀석이 질투한다 얼레리 꼴레리

까치 한 마리가 급히 날아간다
저 녀석도
안 보이는 곳에서
나처럼
팔을 잡아끌어 그러고 그랬을 것이다

명세서

정병근

어디가 많이 아프당가
왜 히마리가 없어!

언젠가 힘없을 때
생고기 먹으면 조금 났다면서
고기를 사서 먹지그래
밤늦게 퇴근하면서 생고기 파는데도 없을 것이고
혼자 사서 먹으면 되지
사주기 바라지 말고

이것 좀 보시오
뭐가 이렇게 많은 돈이 나왔데요?

며칠 전 노래방 카드 명세서다
할 말을 잃었다
변명은 하긴 해야 하는데….
슬그머니 현관문을 빠져나온다

생고기가 아니었구먼
또, 요놈의 힘든 시간
며칠을 갈지 모르겠네.

시인 **김창환** 편

♣ 목차

프로필

전남 순천시 거주
2013년 11월 대한문학세계 시 부문 등단
공저 "파라문예" 제8호 제9호 제11호
2015년 10월 대한문인협회 금주의 시 당선(가을의 눈)
사)창작문학예술인협의회 2015 특별 초대 시인 시화집
사)창작문학예술인협의회 2015 한국문학 향토문학상
2016년 02월 대한문인협회 이달의 시 당선(지우고 싶은 소리 소리들)
2016년 06월 대한문인협회 금주의 시 당선(주소)
2016년 대한문인협회 특별 초대 시화전 출품작 선정
사)창작문학예술인협의회 정회원
대한문인협회 광주전남지회 정회원

시인의 말

지독한 그리움으로 지독하게 아파 본 후에야
그 사랑의 가치를 알 수 있는 것인가.
그 지독한 그리움을 무엇으로 이길 수 있을까
또 다른 사랑을 찾아보면 해결될 수 있을까
그 크고 깊은 사랑 때문에 생각도 할 수 없는 일이다.
오직 하나 그 사랑만이 해결사이다.

사랑은 신이 주신 최고의 선물이다.
그 사랑을 글로 다 표현한다는 것을 불가능하다.
글에 사랑하는 마음을 실어 나누는 것도 신이 주신 선물이
요 특권이다.
거기에 충실한 내가 되어
세상을 녹이는 해님의 열정을 담아서
그 하나만을 갈구하던 여정의 그리운 노래 몇 장을 담아본
다.

기다림

김창환

짙은 녹음이 세상을 덮어갑니다
절절한 사랑의 그리움이 세상을 덮고 있습니다

묻혀가는 그리운 사랑이 눈물을 쏟아 놓습니다
그리움에 지쳐가는 가슴이
아픔에 찢겨 내어놓는 것이지요

그리움으로 흘러내린 긴 밤의 수정체가
이슬이 되어 흘러내리는 그 날에
이슬에 비친 당신의 영롱한 사랑이
얼굴 붉히며 솟는 태양의 모습으로 오실 거지요

당신을 그리워하는 기다림은 그날 내려놓으렵니다
행복해 흘리는 사랑 가득한 눈물을 가슴으로 토하렵니다

기다린다는 것은 아프고 외롭습니다
사랑하는 당신이 있기에 기다려야 한다는 것도 알았습니다
내일의 행복을 위한 오늘의 시험이라 생각합니다

이슬 타고 오실 붉은 태양 닮은 당신
하루 한 달 일 년 언제일지 모르지만
세상을 평안하게 채우는 푸른 녹음처럼
절절한 그리움의 사랑을 채워가며 기다리겠습니다

무지개사랑

김창환

당신의 사랑으로
빛과 향이 되어
무지개를 띄웠다는 걸 알고 있습니다

걸음걸음 아름다운 향기 묻어납니다
색상이 눈부십니다
진한 향기입니다
수많은 눈망울이 환하게 피어난 것입니다
맞잡을 당신의 따스한 손입니다

무지갯빛 사랑
일곱 색깔 당신의 가슴이 담겼습니다
내 품에 당신의 무지개 사랑입니다

사랑은 아픔인가

김창환

보고 싶어
지우려 하면
그만큼의 더욱 또렷해집니다
사랑의 흔적은
지울 수 없습니다

당신 앞에서
웃던 내 모습은 어디 가고
돌아서서 이렇게
울고 있어야 하는 걸까요

당신이 보이지 않는 오늘
참으로 비참합니다
사랑하는 만큼
당신을 사랑했던 마음이
절절한 한숨만 뿜어냅니다

몰래 한 사랑
이루지 못한 사랑
너무도 깊이 사랑했기에
애절함이 엉겨오는 걸까요

눈이 오면

김창환

눈이 오면
앞마당에 강아지가
종종걸음으로 뛰고 뛴다
눈에 뭐가 보일까 봐 가슴에는 뭐가 있을까

세상을 하얗게 만든 천사가 마음에 드는 걸까
이리 뛰고 저리 뛰고
짖는 소리 외에는 들리는 소리가 없다
사뿐히 내려앉은 눈송이도
이리저리 춤을 추는 강아지 발소리도 없다

눈이 오면
눈망울에 당신이
내 가슴을 훔쳐
감미로움에 춤추고 향기에 노래한다

하나둘 셋 넷
가지가지 사연을 하얀 눈에 묻고
오직 당신하고 나만이
꿈꾸는 정갈한 집 만들면
사랑으로 꾸며진 정원민으로노 지평선이 없다.

당신을 믿고 있는 자리

김창환

함께 할 수 없는 사랑이지만
두 마음이 하나 되어
하늘을 날고
수없이 어루만지는 우리의 사랑
식지 않는 우리의 정열적인 사랑

오랜 기다림을 알고
그리워 눈물이 흐를 때면

눈물 거두어가는 날이 있으리라는 희망으로
오늘도 아낌없이 당신을 그립니다
우리의 사랑이
순간에 져버리는 사랑이 아니기에 그렇습니다

나의 첫사랑
세상을 새롭게 볼 수 있는 빛이었습니다

우리 사랑
기쁨으로 미소하며 영원하길 빌었습니다
사랑합니다
당신으로 채워진 뭉클한 이 가슴
당신을 믿고 있는 자리입니다

별들도 숨어버린 밤에

김창환

별들도 숨어 버린 까만 밤의 하늘
내 마음을 옮겨 놓기에 너무 좋습니다
아무도 손대지 않는 깨끗한 도화지입니다
내가 그린 것 외에는 아무것도 없으니까요.

사르르 스치는 바람도
향기로운 내음을 머금고 있습니다
들여다보세요. 까만 어둠을
향기가 아름다운 색깔을 담고 있어요
감미롭게 스며들어 심장을 끓게 하네요

가볍게 뛰던 심장이
황홀한 음률을 담고 뜨겁게 뜁니다
사랑해요
사랑합니다
소곤대는 음률이 너무도 또렷합니다

가만히 손을 내밀어
가슴에 뛰는 사랑의 노래를
까만 하늘에 그대로 옮겨 당신에게 띄워봅니다
사랑해요. 사랑합니다.

그리움이 드리우는 해질녘

김창환

보이시나요
기약 없이 떠나버린 임이여
함께 걷던 강변 길
물보라치고 무지개 피어있었지요
물보라 방울에 우리의 이야기를 적었고
우리 이야기가 무지개가 되었다. 좋아했지요

붉게 물든 저녁노을 하늘을 바라보면
그립던 어제의 그리운 흔적이 먼저 나와
아리어 힘들게 합니다

그리움이
핏빛으로 변해가는 석양을 그려놓아
더없이 아프지만

어둠이 밀려오길 기다려
어둠 뒤에 숨어서 흘리는
눈물이 싫고
아파 지샌 밤이 싫어
그 시간 더디 오라
그리움이 드리우는 해질녘을 붙잡고 있습니다

힘든 기억

김창환

잊지 못할 사랑하던 기억
참으로 감내하기 힘든 그리움입니다
가슴을 억누르는 그리움 너무 아파
잊으라 유혹하지만
기억에서
당신이 떠날까 봐 아픔을 접지 못합니다

긴 강물을 따라 바다에 이르는 눈물은
갖고 싶다
보고 싶다
바다를 가득 채워 적고
함께했던 뜨거운 밤낮
떨리던 가슴의 기억으로 견뎌봅니다

붉은 장미

김창환

잊을 수도
떠날 수도 없는
사랑을 담은 가슴이 뛴다

가시밭길 험한 세상 뚫고
맺어진 인연을 잊지 못해
스스로 가시를 씌웠고

새벽 이슬방울에 세안 하고
정갈한 반짝반짝하는 마음
붉은 가슴의 열기를 담았다

붉은 장미 미소
그대 향한
내 뜨거운 심장이 뛰는
정열적인 소리다

그리움의 크기만큼

김창환

보고 싶을 때 보지 못하는 안타까움에
그리움은 짙어만 가고
보고 싶다 느끼는 순간순간
메이는 목마름으로 가슴이 찡하게 울먹이고
사랑의 흔적 크기만큼 아프다

아픈 그리움의 눈물은
비 오는 날에는
빗물에 섞어 흘려보내고
환하게 웃고 있는 해맑은 날에는
눈물 방울 맺기도 전에
아지랑이로 변해 하늘로 날아오른다

기화한 물
여느 날 쉬지 않고 대지를 적셔 새싹을 틔우듯
그리워 맺힌 눈물
그리움의 크기만큼으로 사랑으로 나를 적시리
너를 갈망한다

당신이 그리워 보고 싶을 때

당신이 그리워 보고 싶을 때
까만 밤하늘 도화지에 팬을 대어봅니다
주옥같은 이야기를 타고 당신이 다시 나타나기 때문입니다

당신이 그리워 보고 싶을 때
고개를 들어 하늘을 봅니다
저 하늘에 살포시 미소하는 당신이 있기 때문입니다

당신이 그리워 보고 싶을 때
아름드리 사랑가를 불러봅니다
노래하며 속삭이던 고운 당신이 귀 기울여 주기 때문입니다

당신이 그리워 보고 싶을 때
사무치는 가슴을 만져봅니다
감미롭게 안아주던 당신의 사랑이 만져지기 때문입니다

비 오는 날

김창환

비가 춤을 춘다
우아한 빗방울 왕관을 만들려
개구리 노랫소리에 넋 나간 듯 춤을 춘다
저 많은 왕관 중에 가장 아름답고 화려한 왕관은
내 여인에게 줄 나의 것이다

우아한 빗방울 왕관 하나 만들기 위하여
수많은 빗방울을 만들고 또 만든다
우리에 사랑도 빗방울 수만큼이나 많은
윤회의 끝자락에서 서로 마주 보고 섰다
숙명의 만남이기에 내 마음 모두를 당신은 가졌다

내 모두를 가져간 아울림은
그 누구도 탐할 수 없는 값진 사랑이다
무엇이 두려워 사랑함을 감추랴
우리 사랑함은
오직 당신과의 역사한 단 하나뿐인 고귀임인 것을

비 오는 날 개구리의 사랑가를 들으며
빗방울 왕관으로 빛을 더하는 당신을
여왕으로 빈겨 안아
사랑의 불을 붙인 가슴으로
달궈진 심장 소리로 온 누리를 채운다.

시인 윤득모 편

♣ 목차

프로필

※ 아호 : 동산
※ 1970 황금찬 원로시인 사사
※ 1973 서울 동성고 졸업
※ 1974 서울교대 학군단 단가 작사 및 학보 시 다수 기고
※ 1975 서울교대 졸업
※ 1980 단국대 법정대 졸업
※ 1980 경향잡지 기고
※ 1987 가톨릭 문화 센터장
※ 1975~2015 교단40년 재직
※ 2009 스승의 날 전남도 교육감수상
※ 2016 대한문학세계 시 부문 등단
※ 2016년 3월 신인문학상 수상
※ 특별 초대 시인 시화전 100인 선정
※ (사)창작문학예술인협의회 정회원
※ 대한문인협회 광주전남지회 정회원

시인의 말

시인은 대중의 애인

세상은 변하여도
순수함을 고이 간직하고 싶은 마음에
시를 쓰게 되었습니다.
순수한 맑은 영혼으로
바라보는 세상은
어떤 세상일까

그것은 세파에 지치고
찌들어 뒤틀어진 마음을
가진 많은 분이 원하는 세상일 것입니다.
그 세상을 찾아 시로 옮겨 놓도록 진력하겠습니다.

뽀얀 여인

윤득모

시꺼먼 세월을
홀로 뽀얀 세상으로 밝히며
살아오는 여인인가보다

그 속엔 첫눈이 가득 쌓여서일까
백합꽃 잉태하는 어머니 뱃속이라서일까

차마 눈 뜨고는 바라볼 수 없는
그 여인의 뽀얀 얼굴엔
꼭 놓일 자리에 눈썹과 쌍꺼풀, 코와 입술까지
여름 여운을 씻어내는 초가을 산소 바람 스치듯 시원하게
자리 잡고 있다

그 여인을 떠올릴 때마다 내 마음은
얇고 보드란 꽃잠자리 날개에 실려
저 파란 창공 끝까지 날아간다

겨울에는 밤마다
그 여인 얼굴만이 보름달처럼
동그랗게 떠 있다

보름달 애가(哀歌)

윤득모

언제쯤이었을까
그 한가위 보름달 아래서
우리는 울어버렸지

온갖 정 묻은 뒤안길 바라보며
칠흑 같은 밤하늘에
운동장만 한 보름달 장충단 공원 숲에서
두 손 마주 잡고

가로등은 말없이
희미한 얼굴 숙인 채 숨죽이며
우리 둘을 바라보고 있었다네

울다 지쳐
귀를 건드리는 소리에
뒤돌아보았지만
가을바람에 떨어지는
서글픈 낙엽뿐

그렇게 사랑은 지나갔는데
계절은 또 왔어.

그녀의 눈

윤득모

가을바람 따라
스쳐가는 많고 많은 여인 중
그녀의 눈만 훤하다

감히 형언할 수 없는
그녀의 쌍꺼풀은
살포시 치켜뜨면 일 밀리미터(mm),
내리깔면 이 밀리미터(mm)란 묘한 폭을 만들어 날 홀린다

보면 볼수록 빨려드는
그녀의 눈동자는
백옥처럼 흰 아이스크림 바탕에
갈색빛 금보자기와 어울려
환상적인 조화를 이룬다

골백번 바라봐도
싫증 없는 그녀의 쌍꺼풀과 눈동자는
은근한 뇌쇄적인 흡입력으로
나의 온몸에 애증을 돋군다

화날 때, 울 때마저
그녀의 눈은 내 생명의
탯줄이요 호흡이자 안식처이다

그녀를
솔잎 다 떨어지는 날까지
마을 어귀 담 모퉁이서나마
애절함이 절규하도록 흠모하는 마음으로
가는 길에 낙엽 모아 뿌려주리라

초가을 연정

윤득모

아침저녁 초가을바람 사이로
아른거리는 여인

그해에도 사랑은
코스모스 바다 물결에 넘실거렸지

해남 들녘 익어가는 벼 이삭 사이로
저녁노을에 실려
내 사랑은 서산 너머로 떠나버렸어

가을은, 가을은 올해도 찾아오는데
가버린 연정 가슴에 품고

한낮 높푸른 하늘 도화지에
그대 얼굴 커다랗게 그려보려도
뚝뚝 떨어지는 그림물감만 아스팔트 적시네.

애인의 딸기밭

윤득모

어렸을 적
그토록 먹고 싶던 딸기가
우리 애인의 몸 밭에 있다.

양쪽 길가에 늘어서서 침샘을 자극하고
빠알간 앵두색 덧칠하여
내 마음을 훔쳐 갔었지.

달려가 하나쯤은
따먹고 싶었다.

이제야
맘대로 내키는 대로 따 먹는다.

우리 애인의 딸기밭은
마르지 않는 옹달샘이다.

시인의 애인

윤득모

누가 그랬다
꼭 한번 사랑해보고픈
사람 있다고

시인의 애인이
되어보고 싶다고

맘 속속들이
파헤쳐
아름다운 시 동산 만들어 달라고
애원하고 싶다는 여인

꿈마다
그리던 시인
시인의 애인은
얼마나 행복할까

시인의 품속엔
따끈한 호떡이 있고
향기 그윽한 꽃마을 있고
눈물 가득한 행복이 있다

시인의 애인은

시인의 참사랑
시인의 그리움
시인의 영혼이어라

지하철 마을

윤득모

이른 새벽 첫차
고동 소리 울리면
세상은 밝아 오고
또다시 인간 물결은 출렁인다

큰 어항 속 물고기 떼
이리 밀려갔다 저리 밀려오듯
전철역마다 한 군단이
서로 마주 보며 빠르게 스쳐 간다

저마다 담아온 목적지를 따라
실핏줄 같은
수많은 줄이 서지자
전동차가 사르르 다가와 쓸어 안고
이내 떠나간다

그 요동치던 플랫폼은
어느 순간 썰렁해지고 적막에 싸인 채
삶이란 꿈틀거리던 뭇 잔영이
우뚝 서 있다

어제오늘처럼 내일도
너와 나 지하철 마을마다
시들어가던 생명은
침묵의 활기로 지펴 가리라.

66

히든카드

윤득모

이토록
절 울리면
죄 받습니다

더 이상
눈물 젖게 마셔요

불면증
조급증

또 무슨 병
바라시나요
상사병 원하시나요

그건
히든카드입니다
두렵습니다

제발
제 마음 받아주세요

밀애

윤득모

꽃은 지고
사랑도 지고

마지막 봄비
가슴 적시면
눈물도 지고 말 것을

끝없는 줄
착각 속에
달려온 밀애

이제
그대 없는 빈자리엔
잔별 그림자뿐

못내 그리워
젖는 마음
숨길 수 없네

날 울리는 자

윤득모

내 눈물과 마음과 설렘 모두
앗아간
그대는
그대는 누구인가

촌각이 짧아 시각을
시각이 짧아 하루를 온통
훔쳐 간 자여
그대는
도대체 그대는 누구인가

심장이 멎을 것 같은
북받치는
내 가슴을 도려내듯
날 울리는 자
그대는
그대는 사람인가

하늘이여 별이여 달이여
말 좀 해다오

봄바람

윤득모

아직도 갈 길은 멀고
세월은 덧없이 흐르건만
왜 이리 발길은 더딘고

저만치 뒤따르는
한 조각 구름도 길을 재촉하건만
다리는 무뎌져 내딛기 힘들고
가슴은 왜 이리 숨쉬기조차 버겁노

스쳐 가는 한줄기 봄바람
너마저
못 본 채 가려느냐
너에게도 짐이런가 눈물 난다

흰민들레

윤득모

옛날 옛적
슬픈 민들레 아가씨

한 서려 우리 꽃 흰민들레로 거듭나
참사랑 알려주고파
꽃을 피웠다

애틋한 속사정 알리려고
널리 널리 씨 바람 뿌렸다

월출산 깊은 골까지
흐느끼는 나뭇잎 틈새 비집고
찬란한 영토를 이루었다

그 옛적 민들레 아가씨
이제는 서럽지 않으리.

시인 **김강좌** 편

♣ 목차

프로필

전남 여수 거주

2015년
* 대한문학세계 시 부문 등단
* 특별 초대 시인 유화전 "유화에 시의 영혼을 담다"
* 순 우리말 글짓기 장려상
* 11월 이달의 시인 선정
* 한국 문화 예술인 금상 수상
2016년
* 현대시를 대표하는 "명인 명시 특선 시인선 선정
* 한줄 시 짓기 공모전 은상 수상
현) (사)창작문학예술인협의회 정회원
현) 대한문인협회 광주전남지회 정회원
〈저서〉 시집 "하늘 꽃 바다"

시인의 말

찬바람
휘돌아 드는 빈 들녘을
올곧게 지켜내는
들꽃의 강인함에서

비우고
또 비워내도 그만큼으로
채워지는 만월의
뭉근함까지

자연의
아름다움을 글빛에 담아
풍경처럼 걸어 놓을 수 있는
공간이 있어

참 좋다.

명자꽃

김강좌

해조음
감미롭게
몽돌을 휘감는 날

알싸한
그리움이 한 자락 맺히더니

참았던
붉은 속살이
불꽃으로 터진다

봄 빛

김강좌

날 선
칼바람 아래
언 땅을 깨고 나온
키 작은
풀꽃들의 수려한 몸짓

햇살을
흠모하는
연둣빛 숨결이
서투른
첫사랑을 막 시작하고

살얼음
녹이는
개울물 소리로
숨 가쁜
호흡이 분주하다

할미꽃

김강좌

아~
몽환적인
환희로 벙글어진 몸짓이
저리도 애잔하게 스스로를 흔들어
뜨겁게 달궈진
속마음을 감추려니
애써 고개 숙인 그 모습 애잔타

옥빛보다
더 푸른 하늘을 품어 안고
속살까지 붉은 사랑이고 싶었나

미치지
않고서야 어찌할 수 없는
달빛에 울컥 삼킨 그리움을 어쩌누
오롯한 짝사랑에 못내
가슴 앓다가
눈물 같은 봄비에 속울음 씻어내는

붉은빛 할미꽃.

청보라꽃 달개비

새벽이
깨어나고 겹겹이 드리워진
풋풋한 향기가 살가운 햇살에
보시시 실눈 뜨고

눈멀도록
빛나는 하늘빛을 따라
바람에서 바람으로 이어지는 숲길의
파수꾼이 선다

쪽빛으로
빚어진 가녀린 숨결이
살포시 흔들리면 푸르게 젖어드는
들녘은 향기 취하고

노을빛에
물이 든 꽃 날개 접으면
다소곳 속눈썹에 내려앉은 달빛의
수줍은 떨림이 벅차다

산하를 채우는
보랏빛 가을 노래가 참 좋다.

홀로 여행

김강좌

꽃 진자리
홀홀이 꽃발로 곤두서서
어찌도 기다림이 저리도 애잔하게

허공에
흩어지는 무언의 아리아를
듣는 이 홀로라도 달콤하게 부른다

한 움큼의
홀씨가 향기로 맺히더니
툭 터진 숨결로 하얀 깃털 세우고

하늘길을
우러러 날개를 휘저으며
눈부신 비상으로 숲을 날아오른다

그림자
흩어지는 깊은 어둠 속으로.

분꽃

오롯한
마음으로 바람 곁에 누워서
밤새 달빛 두르고 숨죽인 날들이

한순간
꽃비 처럼 허공에 흩어져도
뉘라서 내게 있어 애잔타 말하리오

어느 날
어느 곳에 올곧은 몸짓으로
계절을 휘돌아 스스로를 추스르고

우렁우렁
커가는 붉은 숨결 사른 채
실개천 꽃망울이 아롱대는 그 날

불꽃 같은
열정을 풀숲에 걸어놓고
임 마중하려니 늦었다 말하지 마오.

빈 의자

김강좌

우렁찬
아이들의
함성은 간데없고

길 잃은 소슬바람
갈볕에
꾸벅이니

해 질 녘
붉은 노을에
기다림만 외롭다.

허수의 사랑

김강좌

접동새
울어 예는 적막한 가을밤
호수에 잠긴 달이 허공을 맴돌다
새벽을 유혹하고 겹이진 설레임을
덧칠하는 아침

홀로도 외롭지 않은 건

내 안의 날 닮은
마른 심장 소리가
빗장 풀어 놓은 금빛살에
꽉 찬 그리움을 채색하고
바람의 입맞춤도 달짝지근하니

달빛을
두르고 잠들지 못하는
샛별의 수줍은 숨결까지
한 점 걸림 없는 허수의 사랑으로
이만하면 참 좋다.

자운영꽃

김강좌

천성이
맑은 너는
봄날의 환희처럼
단아하게 빚은 요정 같은 얼굴로

한바탕
아프게 쏟아붓는
비바람에 묵묵히 순응하듯
낯선 길에
내려와
풍경 같은 몸짓으로
꽃입술 찰랑찰랑
아침을 기다린다

숲처럼
커져 버린
색색이 꽃망울이
별꽃밭을 이루는 눈물 같은 그 길에.

몽돌

김강좌

삐죽한
아집을 파도에 씻기고
가지런한
햇살과 해풍의 숨결로
두려움 없는
당당함으로
몽실하게 맞선다

그렇게
침묵의 바다에서
둥글게 둥글어질 지혜를 배운다

가을 바다

김강좌

바람의
날개 타고
바다로 돌아가자

가파른
절벽 사이 삐죽이 모난 끝에
눈부신 옥빛 물결이
다듬어질 그곳
떠돌이별 하나가
연주하는 해조음의 음률 따라

물방울
진주 알이 겹겹이 수놓아진
오선지 파도 위에
아리아를 엮어서 윤슬처럼 빛나는
소금 꽃을 피우는 그곳

바람의
날개 타고
그 가을 바다로 가자

조각달의 꿈

김강좌

겹겹이
채워지는 푸르른 달빛 아래
하얀 밤을 지새우며 깎이고 다듬어진
적바림해둔 그리움을
뭉근하게 달여놓고

감춰 둔
외로움에 스스로를 지키려
애잔한 몸짓으로
오롯하게 수행하는 푸른 열꽃이었나

만삭의
속울음이
비처럼 내리는 날
하얀 꿈 한 무더기 허공에 비워내고
허기진 조각달이 둥글게 둥글어질
그 날을 겸손을 기다린다

시인 **주일례** 편

♣ **목차**

프로필

※ 2012년 대한문학세계 시 부문 등단
※ 2015년 명인명시 특선시인선 선정참여
※ 대한문인협회 광주전남지회 정회원
※ (사)창작문학예술인협의회 정회원
〈저서〉
시집 "그리운 사람은 별처럼 산다." (문학의전당)

시인의 말

아직 가보지 않은 길을 가는 것처럼
시를 쓰는 일은 어렵고 설레는 일입니다.
가끔 던져 버리고 싶은,
그래도 다시 제자리로 돌아오는,
삶의 일부분 같고 살아가는 이유 같습니다.

끝으로 고생하신 지회장님과
동료 시인님들께 감사 인사드립니다.

무

주일례

시장에서 가을 냄새가 깃든 무를 샀다.
겉만 봐도 안이 단풍처럼 시뻘겋게 익었을 무였다.
집으로 와서 깨끗이 씻어 칼로 자르는 순간
겉과 너무도 다르게 뻣뻣한 느낌과 속살에 깃든 검은 줄

낭패다, 버릴 수도 없고 먹을 수도 없는,
어쩌다 너는 가슴에다 그토록 깊게
밖으로 꺼낼 수 없는 서러운 얘기하나 담고 살았을까.

그 겨울의 막창집

주일례

뜸이다
얼굴을 마주하고 삼십 분
겉도는 얘기가 아직 더 필요하고
불필요한 뜸도 시뻘겋게 더 익어야 했다.
허나 그녀 표정 변화에 따라 조금씩 읽히는 불안한 징후들
그녀만큼이나 마음을 허락하는데 뜸을 들이는 소 네 번째 위,
막창을 보고 있다.

아등바등 죽어라
앞만 보고 살아서
가끔 소중한 것을 잊고 살 때가 있다
지나서 보면
그때 깨닫지 못한 게
두고두고 후회로 남아
서러운 것이
가슴에 차고 넘치는,
인생이 얼마나 허무하고
부질없는지를 떠나
숯불 위에서
지글지글 익어가는
너를 보고 있으면
인간으로 태어나 누리는 게
얼마나 감사한지

그 마음 하나로도
받아드리지 못하는 게
살다 보니 너무도 많다는 것을

술잔이 여러 잔 비워지고
그녀 얼굴 위로 고뇌의 빛깔이 물든 사이
누군가 갑자기 소리쳤다.

함박눈이다!!!

창밖을 봤다.
함박눈이 오고 있었다.
인적이 끊긴 거리에
그녀 얘기가 잠시 끊긴 거리에
밤을 잊은 서러운 가슴 위로

"돈 좀 빌려줄래?"

가을이어서 사랑하리.

가을이 아니어도 사랑하리.
나무와 풀과 흐르는 물과 따뜻한 네 손가락

가을이어서 더 사랑하리.
비바람 이겨낸 눈이 시린 저 아름다움

스쳐 간 것들은 모두
저물었거나 저물거나
아, 가을 그 속살 같은 풍경

가을이어서 더 사랑하리.
사랑하다 익어버린 것들

개나리꽃이 필 때 잊었다.

주일례

그 봄, 꿈처럼 아득하게 떨어진 꽃잎은 말이 없었다.
그 위로 자라던 초록은 오랫동안 너를 까마득히 잊고 있었다.
샛노란 얼굴을 하고 간질간질 올라오던
그 꽃잎이 주던 노란 빛깔의 담긴 화창한 세상

당신을 아프게 보냈던 그 날 위로도
꽃잎은 지고 바람은 지나가고 세월은 쌓이고

사랑

주일례

바람이 찼습니다.
사나운 칼바람이었습니다

따뜻한 햇살이
너무 멀리에 있어
아무리 봐도
봄은 멀었습니다.

이겨내야할 게
너무도 많은 겨울

가장 강하고
아름다운 빛깔

이 세상의 봄은
언제나 그곳에서 왔습니다.

그래도 살아야 하는 이유

주일례

그 사람 술잔이 아프다
시커멓게 타들어 간 술잔이다.
사는 게 고단하다고
도저히 숨을 쉴 수 없을 것 같다고
얼굴 끝내 테이블에 박아놓은 서러운 술잔이다.

문자 한 통

아빠 빨리 와!

엄마 내일 전화할게.

주일례

사는 게 아주 바빠서 당신에게 전화가 올 때마다
내일 전화할게. 무심히 던졌던 그 한마디가 두고두고 가슴에 박혀
바람이 계절을 지나갈 때마다 그 전화가 서럽게 온다.

"밥은 먹었니?"
"엄마 내일 전화할게."

약속

주일례

교만하지 않겠다고 했으나 교만하고
말을 아끼겠다고 했으나 말을 아끼지 않고
배려하겠다고 했으나 배려하지 않고
미워하지 않겠다고 했으나 미워하고
욕심부리지 않겠다고 했으나 욕심부리고
먼저 가지 않겠다고 했으나 먼저 가고
언제나 함께하자고 했으나 함께인 적이 없는,
저무는 해를 잡고 처음 했던 많은 약속을 더듬어 봤다.

뿌연 발자국
마음처럼 찍힌,

가을에 만나는 사람

주일례

바람에 흔들리는 억새를 봤을 뿐인데
살을 저미는 외로움으로 하얗게 익어가는 저녁
누군가 저 아득한 곳에서
고독한 풍경 하나로 건너오는 소리

이 가을 너를 지나지 않고
결코 만날 수 없는 서러운 심장

축복

주일례

완벽한 사람은 없다
아무리 웃음이 맑아도 티가 있고
이슬처럼 깨끗한 눈도
네가 알지 못하는
서러운 세상 하나 있고
겉과 속이 언제나 일치하는
그런 사람이라도
흔적 하나가 슬픈,
어떻게든 이겨낸 것들은 축복이다.

그가 다녀간 후로

주일례

추워서 웅크리고 있다.
너무도 추워서 웅크리고 있다.
멀리서 누군가 다녀간 사이
오매불망 그리던 사람이 다녀간 사이
그녀 몸 구석구석 가을인데도
겨울 같이 다녀간 사이
가슴이 멈춰버린 것처럼
눈물도 흐르지 않아
숨도 쉴 수 없을 만큼
딱딱하게 굳어가는 것들

한동안 그녀는 그 차가운 심장과 살았다.

5월은 그래도 꿈을 꾼다.

주일례

눈에 보이는 것처럼 산천이 푸르고
새싹이 무성하게 자라 자기 세상을 이룬 게 5월이 아니었다.
뚜껑을 열고 속살을 뒤집어 까보면
늙은 부모 관절처럼 아프지 않은 게 없다.

강도 때로는 아프고
산도 아프고
나무들도 아파서
속살이 곪아 터지는 것처럼
어린 새싹들도 가끔은 푸른 꿈이 아프고
가난한 주머니는 앙상한 나무처럼 서럽고 슬픈 달

5월이 푸르러
마냥 푸르지 않고

시인 **김형근** 편

♣ **목차**

프로필

효 담
전남 담양출생

※ 심정문학 신인문학상 수상
※ 대한문인협회 신인문학상 수상
※ 대한문인협회 광주전남지회 정회원
※ (사)창작문학예술인협의회 정회원

〈저서〉 시집 "그리운 동산"
〈공저〉 동인지 "갈색 콘서트"

이메일 : khg9230@hanmail.net

시인의 말

나는 생애에 있어서 귀중한 격언을 발견하게 되었습니다. "위하여 살라"는 격언이 나의 생애에 모티브가 되었습니다. 그것은 모든 존재들이 한결같이 위하여 살기 때문이었습니다.

미움도 사랑도 하나였습니다. 그러나 위하는 마음이 부족할수록 미움이 시작되고 위하는 마음이 넘칠 때는 미워하는 사람까지도 용서하고 사랑을 합니다.

나는 시를 쓰면서 나 자신과 자연과 세상을 뒤돌아볼 때 엄청난 사랑이 우주와 자연 속에 담겨 있음을 알았습니다.

시를 쓰면 쓸수록 나 자신이 부족함을 느끼었습니다.

나는 사랑받기만 좋아하였지, 그다지 남을 위하여 존재하지 않기 때문이었습니다.

아름다운 시인으로서 더 많은 시어로 더 많은 사랑을 노래하여 많은 독자로부터 기쁨을 주는 살아있는 시인으로 남고 싶습니다.

대한문인협회 광주전남지회에서 첫 작품인 동인지를 내게 됨을 진심으로 감사드리며 이번 기회를 통해서 더 많은 사랑이 넘치는 출발점이 되길 희망해 봅니다.

미래의 주인공

김형근

어려울 때 하늘을 보세요
수많은 별이 위로하고
위로받으며 사는 것

언제 어디서나 어느 곳에든지
항상 용기와 희망을 품는 자
주인공이 되리니

미래의 눈으로 살아가면
꿈이 온다는 것을 실감하면서
우리 살아가요
고난을 감사로 행복한 마음으로 사니
즐거움이 가득 차네요.

놀라운 사랑

김형근

너무 감동하여서 숨도 쉴 수 없게
느껴지는 우주적 사랑이 가슴에 스며들면
너무나도 놀라운 사랑이 느껴진다

여름 내내 노래로 영혼을 달래주던
매미들도 이제는 제 갈 길을 찾아가고
뜨거운 여름은 어느덧 결실의 계절을 맞이한다

모두가 사랑이었구나
나를 위해 존재하였다 느끼니
만사에 행복한 사람이 되었네
아 고마운 태양이여
아 고마운 사랑이여

태양 같은 사랑

김형근

유리알보다 빛나고
고운 심정으로 살아가는 임은
우리의 태양 같은 분입니다

은빛 모래알 에메랄드보다도
아름다운 빛의 임을 만나면
내 가슴에도 빛이 스며듭니다.
상상할 수 없는 고운 눈빛은
영원한 사랑이 충만하게 빛을 발합니다

상상할 수 없는 임은
나의 태양 같은 분이시며
빛으로 오신 분이십니다
오늘 난 임이 그리워서
가슴이 미어집니다

그리운 정

내 가슴속 깊은 곳에
참사랑을 품에 안고

그대 향기 그윽하여
그리운 정 깊어 가네

오오 사랑 오오 그대
차고 넘친 그대 심정

넘치도록 그리운 정
늘 언제나 가득 차네

어머니

김형근

이슬 맺힌 이른 새벽
정한 수 뜨려 어김없이 사립문 열고
우물가에 가시고
정성을 모으시는 나의 어머니

나실 때 진자리 마른자리 갈아 누시며
손발이 다 헤어지도록 온갖 정성을 다하신 어머니

조금이라도 먹을거리가 나오면 자식들에게
다 주시려고 아끼고 또 아끼며 챙겨주시던 어머니
산 넘어 긴 밭을 호밋자루 한 자루로 다 메고
익은 곡식을 머리로 이어 나르며 고생하신 나의 어머니

임은 작지만 나에게는 큰 산이요 큰 바다였습니다
용광로보다 뜨거운 사랑이 어머니의 큰 사랑이었으니
언제나 어머님의 하해와 같은 사랑을 영원히 잊지 않겠습니다

가을

김형근

가을엔 높푸른 하늘
울긋불긋한 단풍으로 물든 산야가 그립고
인생을 되돌아보는 계절이 그립다

흔들리는 갈대를 보면서 삶의 맛을 느끼고
더 많은 사랑을 전하고자 잉태한 생명의 씨앗을
바람에 날려 더 멀리 보낸다

잎이 떨어지는 소리에 깊은 인생의 맛을
노래하고 싶어지며
낙엽 되어 뒹구는 모습에서
인생의 의미가 느껴진다
오늘도 가을에 정취를 느끼며 인생의
깊은 의미를 아로새긴다

당신의 하얀 마음

김형근

당신은 언제나 나를 보시고
어디서나 항상 좋아하시네

말없이 주시는 하얀 마음엔
서로가 서로를 사랑합니다.

사랑의 달콤한 고운 눈빛엔
영원한 약속이 영글어가고

구름과 바람도 위하여 살며
낮은 곳 향하여 흘러갑니다.

꿈이 태산 되리라

김형근

꿈이 태산 되리라
소망이 바다 되리라
후천시대의 희망이
다 이루어지리라

지금은 한없이 한없이
부족한 것처럼 보일지라도
준비하고 실천하면
날아오르리라
높이 높이
훨훨

희망찬
구름 속 저편
영롱한 오색 무지개
살포시 얼굴을 내민다

나의 소망

김형근

그리워라 그리워요
불꽃같은 임의사랑
가고파라 보고픈 맘
꿈속에서 만나고파

임과 함께 하나 되면
못 할 일이 어디 있나
남북통일 세계통일
우리같이 이루리라

하늘같은 천정 품고
지구 같은 넓은 사랑
심정 속에 담고 담아
가슴속에 품으소서

임 가신 길 충효성자
하늘심정 해원하사
가시는 길 힘들어도
천하 통일 이루소서

날개 달 거야

김형근

하늘 높이 저 하늘
위를 날아가도록

비행기처럼 빠른
날개를 달아

이 세상 어디든지
날아갈 수 있도록

천사의 날개라도
달아 드릴까

행복을 선물하게
어디든지 가서

행복한 마음으로
꿈속에서도

하늘 높이
저 하늘 날아가요

행복 나라 찾아가서
이 세상에 어디든지 날아가요
행복 날개를 달아서

상사화

김형근

이룰 수 없는 사랑
잎과 꽃이 만나지 못한다는
상사화 꽃은 온 천지 붉은 꽃으로 물들었다

생애 속에서 꽃과 잎은 한 번도
볼 수도 만날 수도 없는 인연이기에
더욱 아련하기 그지없다

그럼에도 온몸을 불태운 사랑으로
살아가며 임 가신 길 따라가신다
온 천지가 불바다 되는 그 날까지
나의 영혼을 붉게 태우리라

그리움을 향하여

김형근

아
그리움이 산이 되어
저만치 혼자 서 있네요

그리움이 강물 되어
말없이 흐르네요

그리움이 눈물이 되어
바다가 되었네요

그리움을 향하여
나는 오늘도
임 그리워하네요

시인 유동진 편

♣ 목차

프로필

전남 영광군 거주

〈2016년〉
대한문학세계 시 부문 등단
대한창작문예대학 제6기 졸업
현) (사)창작문학예술인협의회 정회원
현) 대한문인협회 광주전남지회 정회원

시인의 말

세상의 아픔을 살피어 느끼고
그 아픔을 한편의 시속에 담아
모자란 나의 졸 시가
모든 아픔을 가슴 뜨겁게 안아주어
몸과 마음을 치유하는 계기가 되기를
간절히 기도드립니다.
그리고 함께한 시인님들께 감사를 드립니다.

달빛 연가

유동진

갈 곳 없는
외로운 인생길
가슴 가득 나를 청하네

선녀 같은
포근한 마음에
굳은 신념은 갈바람에 흔들리고

권주가로 청하는
월광의 교태로움에
품에 안겨 아니 취할 수가 없구나

핏발선 신념
어둠 속에 묻어두고
고름을 풀어놓고 술잔을 높이 들어

그대와 지새우리라
오늘 이 밤을

하늘을 날다

유동진

드넓은 황금 들판

비틀어진 두 팔을 벌려
파란 하늘 따사로운 햇살을 안는다

세상 풍요를 위한 간절함
지나는 참새 놀라게 하고

허둥지둥 도망가는 모습에
속 알 머리 없어
벙거지 푹 눌러쓰고
아이처럼 환한 웃음을 짓는다

갈바람에 춤추는 들녘
노을빛 따라 익어 가면
터전에서 쫓겨나 논둑에 던져지고
부서진 삶의 흔적 건 불 되어 불붙으면

외발로 버틴 내 인생의 여독
불새 되어 날아간다.

고드름 정절을 입다

유동진

순백의 여린 눈꽃
아이 같은 햇살에 안겨 흘린 눈물
내 생명의 근원이다

가시 서린 마음
파란 하늘 바라볼 수 없고
한설과 뜨거운 사랑에
멀건 눈물방울 나의 생명이 된다

야심한 시간
사랑이 깊어 가면 갈수록
무거워지는 마음 거꾸로 나를 키우며
더욱더 단단해진다

새벽을 여는 햇살
불륜의 정사를 꿈꾸면
밤새 입었던
성애 같은 솜털을 벗고

지난밤 수정처럼 맑은
시린 사랑을 회상하며
나는 논개가 되어
처마 끝 시린 손을 놓는다

고난의 꽃

유동진

바닥을 긁으며
앞도 보이지 않고 거칠게 밀려와
변화된 모습 희망의 꿈을 꾼다

네모난 방, 검은 바닥에 누워
뜨거운 시선에 아지랑이 되어 날리며
열두 번 구르며 흐릿해지지 않도록
간수 통에 앉아 찌든 때를 털어낸다

마지막 네 발짝의
희뿌옇게 일어 서로를 감싸며
멋진 모습 바람의 성형하고
흐뭇한 맛을 위해 태양에 품에 안겨

기나긴 고난, 여정의 끝
새하얀 보석 꽃이 핀다
너와 나, 우리가 만나

우산

유동진

방울 저 떨어지는 시름
오늘도 너를 위해
통점 없는 맘으로 온몸을 펼친다

그렁그렁 눈동자
떨리는 파란 입술을 보며
숙명처럼 파수꾼이 된다

웃음 속에 감춰진 폭풍우에
원색의 밝은 마음은 접히고
하얗던 마디마디 시린 눈물 떨군다

너의 내일의 웃음이 내리면
나도 따라 웃음 짓고
알 수 없는 먹빛 근심에 멍든 눈물 삼킨다

너만을 위한 마음 켜켜이 담긴 사랑
숭숭 몰아치는 비바람을
모정의 미소로 맞는다.

유연한 희망을 담다

유동진

바름이 무엇이냐 묻지를 마시게나
긴긴밤 꿈속에서 탑을 쌓고 부수 우고
새벽녘 잠을 털고서 밭이나 갈려 가세나

이와 치를 논해서 무엇을 할까나
각각의 이와 치가 다 다를진대
친구야 여보시게 구름 타고 노닐 세

심안의
작은 구슬
안갯속에 가렸네

월출산
깊은 계곡
깊숙이도 있다마는

여명의
일 출산 올라
하늘을 열고 말지어다.

하얀 그리움

유동진

하늘을 짊어진 각진 허리는
아버지의 삶 같은 무게에 반쯤 무너지고
옷을 찢은 갈비뼈엔
유월을 등진 찬바람만 스며든다

가진 것 없던 지난날
내 안의 모든 것 윤기가 흐르고
서로를 얼싸안으며
푸근한 마음에 변함이 없었다

내 품 안에 태어나
나를 갈아먹은 자식 기억이나 하는지
하얗게 내려앉은 세월이
바윗덩이 되어 흙담 위에 앉았다

아무도 찾지 않은 내 모습에
옛 추억마저 안갯속에 길을 잃고
유월의 햇살 그리움 되어 쏟아지면
휑한 대문밖엔 찔레꽃이 핀다.

낙엽

유동진

가을날
햇살 아래
실핏줄 거두고

바람에
손을 잡고
님 찾아 떠난 길

후두둑
내린 비의
땅바닥에 떨어져

그대를
그리워하며
살도 녹고 뼈도 녹아

파란 눈물의 사모곡

유동진

자정을 넘긴 시간 마지막 문안 인사
안녕히 주무세요. 그 한마디만 했다

휑하니
아무 말 없이 앉아계신 울 엄니
긴 밤 홀로 아픔을 삼키고 삼키시며

행여
내가 깰까 봐 소리조차 감추시고
오 남매 남겨두고 요단 강을 건너셨다

아픔의 시간 흘러 흘러
강도 산도 변하였고
절절한 사모곡 잊힐 법도 하건만

중천의 뭉게구름
나를 보며 미소 지면
하늘 보고 웃는다. 파란 눈물 감추려

복사꽃 친구

유동진

친구야
보고 싶다

툭 던진 그리움에
심심산골 천 리 길을
구름 타고 날아간다

마주 선 높은 산은
넓은 가슴으로 안아주고
장작불에 익어가는 우정은
꺼질 줄 모른다

찰나처럼 지난 시간
여명을 일깨우고
희뿌연 안계
이슬 되어 구를 제

복사꽃 선 분홍 닢
아쉬워 뚝 떨어진다.

대답 없는 메아리

유동진

사랑했기에 보고 싶고
보고 싶기에 그립다

희미해진 사진 향해
목 놓아 외쳐 보지만

대답 없는 메아리
홀로 독백이 되어
내 맘을 헤집어 놓네

시간은 정체 없이
앞만 보고 달리건만

내 맘은 아직 희미한 사진 속
그 여운 속에 머물고 있네

꿈꾸는 소망

유동진

당신은
나의 행복입니다
당신의 눈 속에
나의
환한 웃음이 비추기 때문입니다

당신은
나의 아픔입니다
당시의 눈 속에
나의
말 못 할 아픔이 비추기 때문입니다

당신은
나의 희망입니다
당시의 그 눈빛이
나의
신념의 상징이기 때문입니다

당신은
나의 친구입니다.
당신의 눈으로
나의
웃음도 아픔도 희망도 다 보았기 때문입니다

그런 당신께
소망 하나 띄웁니다

당신의 넓은 가슴으로
또 다른 누군가를 얼싸안고
하나 된 마음으로
가슴으로 쓸어내릴 수만 있다면

그 어떤 바람도 없습니다
당신은 나의 가장 친한 친구이기에
반드시 들어주리라 믿습니다
그 하나
그 하나만은

시인 **박근철** 편

♣ 목차

시인의 말

우리는 매번 웃을 수 없었고 울 수도 없는
도토리 키 재기를 하며 살아가고 있습니다.
그러나 돌아본다면 후회하는 일이 많아
다시는 그렇게 살지 않겠다고 다짐합니다.
거스를 수 없는 삶이고 보면 살아가는 데 자연이 되어
순리대로 피고, 의지가 되는 한 그루 나무가 된다면 좋을 것입니다.
짧은 시 속에 이런 자연의 순수성과 어우러짐을 담고 싶습니다.

프로필

전남 여수 거주

2013년
※ 대한문학세계 시 부문 등단
※ 5월 이달의 낭송 시 선정
※ 특별 초대 시화전 출품작 선정
※ 움터 영상 시화 발표
2014년
※ 명인명시 특선시인선 선정
※ 나를 캐어 너를 심는다. 우수작 선정
※ 시집 그리움이 물든 산책길 출간
※ 한 줄 시 장려상 수상
※ 올해의 작가상 수상(제2014-109호)
2015
※ 유화에 시의 영혼을 담다 선정
※ 대한문인협회 명인명시를 찾아서 아트티비 출연
※ 현) 화정면 지역사회보장협의체 위원
※ 한국문학 발전상 수상(제2015-579호)
※ art TV 명인명시를 찾아서 출연
2016년
※ 특별 초대 시화전 출품작 선정
※ 현) 대한문인협회 정회원
※ 현) 대한문인협회 광주전남지회 지회장
※ kbc 화첩 기행 출연 2016년 10월 23일
                    (시 개도로 오소 낭송가 낭송)

그런 줄 알았습니다.

꽃이 피나 비가 오나
당신 생각에
내 마음은 꽃피는 동산에서
사랑할 줄만 알았습니다

긴 나긴 시간
꽃잎이 바람에
아파하는 줄 모르고
내가 행복하니 그런 줄 알았습니다

필 때가 있다면
헤어짐의 순리인 것을
이제야 지는 해를 보고
눈물 자국 길게 흘러내립니다.

고뇌

박근철

나는 무엇인가
가을에 슬픈 듯 밤마다
비명을 내지르는 귀뚜라미
슬픈 노래가 나인가

동트는 아침이면
울다 그 소리도 못 내고
가슴 한쪽 움켜잡고
삶이 이런 것인지
나를 타이르고 말았지

나는 무엇인가
타인의 죽음에서도
슬픔이 허공을 떠돌아
가슴은 솜몽둥이로 맞은 듯 멍하여

결국 답을 찾지 못하였다
죽음의 강가에 다다를 때
날힐 수 있을 것인가

그러긴 때가 늦다
그러긴 시간이 너무나 짧다
그러기에는 후회가 너무 많을 것 같다
나는 그 물음의 길을 가고 있다.

당신과 함께한다면

박근철

당신이 없었다면
바람에 날리고 부딪쳐
산산이 부서지는
좌초하는 배와 같았을 것입니다

당신이 있었기에
비바람을 맞으면서도
노래할 수 있는
행복을 가질 수 있었습니다

당신과 함께 하는 날에는
폭풍우 치는 밤이 와도
가을에 쓸쓸함이 떨어져도
여전히 좋다고 말할 것입니다.

당신과 함께 하는 날은
갈대꽃이 하얗게 날리고
무덤가의 소나무를 닮아도
까마귀가 찾아들어 울어도
여전히 행복하다 할 것입니다.

중년

박근철

중년이란 말에는
왠지 모를 깊음이 서려
저녁노을같이 불그스레하여
쓴맛도 단맛도
중간의 맛으로 덤덤히 넘기는
가슴이 하나 남아 있네.

애써 웃으려 하여도
남은 생이 무거운 베이비붐
나지막이 떨려오는 근육은
힘을 잃어 날씨에 민감해지고
가여운 생각에 눈물이 나니
이 세대의 고단한 몸이라네.

왔다가는 길목이거늘
천년만년 살 것 같이
괴롭히던 지난날들이
과거와 미래가 되니
이 무거움이 중년의 뒤안길
어서 갈 수 없는 길이네.

다름을 알아야

박근철

사랑은 같은 색이 아니다.
상대의 색이 다름을 알고
인정하는 데에서부터 출발해야
이해와 배려가 생긴다.

상대의 색을 억지로 맞추게 한다면
그 색은 검어지고 만다.

사랑한다고 해서
똑같은 색을 가지는 것은 아니다.

행복하게 사는 부부도
부부라는 이름으로
바탕색을 칠하지만
서로의 농도는 다르다.

사랑은 방랑자

박근철

살아있는 생명은
왜 이리도 몸부림치며
생사의 문을 넘어서라도
사랑하려 하는가

온몸을 짜내듯
거친 호흡의 한마당
수정하고 나면 나뒹구는 허무
사랑이 무엇인가.

상대의 몸짓에서
마음 상하기도 기쁨을 얻기도 한
행위
살아 있음의 치유인가.
태고의 역사를 전함인가.

살아있는 것들의
또 다른 목마름, 사랑
채울 수도 채워지지도 않는
끝없는 방랑자

아가페 사랑

박근철

내가 검어질 때마다

매를 맞았다면

불구자요 사망자라

사랑하기에

인내가 필요했고

사랑하기에

오래 참음이 있었네.

마음속에 자유를 주고 싶다.

박근철

취해본들 어떠냐 마는
내일 염려가 붙잡는구나.
만사를 호탕하게 웃어도
내일의 근심이 따라잡아
한날도 편히 쉬어보지도 못했구나.

아무 낙이 없는 것처럼 마시고
팔자걸음에 길이 일어날지라도
자유가 된다면 그러고 싶은데
늘 염려를 달고 살아
편히 무언가에 취해보지도 못했구나.

말없이 훌훌 떠나고 싶어도
이놈의 짓누르는 사슬이
빙빙 쳇바퀴만 도니
회한에 사로잡혀 취해버렸구나.

이왕 취한 거 모양새 나게 취해보자.
가로능노 딜빛에 빛을 잃었는데
가슴이 시원하게 물이 마르도록
오장육부에 한이 떠내려가게 취해보자

가을에 떠난 사랑

박근철

가슴에 멍들어보지 않은 사람 있을까
뼛속에 스며드는 바람에 시리지 않은 사람 있을까

저 앞에 흔들리는 갈 때는 임의 사랑 묻지 못한 이내 가슴
피었다 지고 또 필 수밖에 없도록 남아있는 바람

청청 물들도록 말리지 못한 세월이
낮잠 자듯 꿈속으로 만들어버린 사람

되돌릴 수 없는 사랑이기에
가을 산처럼 하나둘씩 떨어뜨려야 하나

잊지 못한 찬바람 멍울진 가슴이
상강의 된서리에 구멍이 커져만 갑니다.

목각인형

박근철

그대를 그리다
점점 커져 버린 보름달처럼
가슴은 가자는데
도통 어디로 가야 할지
산 넘고 바다 건너
바람만 차갑게 느끼는
완성되지 못한 목각인형

그리움 태우다
수분을 머금고
비틀어지는 날이 오더라도
그대가 새겨준 사랑의 모습
담고 있는 목각인형
목각인형으로 살리라.

스스로는 사랑하지도
울지도 웃지도 못한
목각인형

나는 그렇게 너에게 가는 거야

박근철

너의 환한 웃음이
달려들어 안길 때
얼마나 기쁜지 몰라

달콤하고 아름다운 것도
내겐 달콤하지 않아
너만이 나의 세상이니까

벌이 분주한 것 같이
너를 만나러 가는
시간이 내겐 그래

화려한 네온사인
밤하늘 별들이
우인 되어 기뻐해
나는 그렇게 너에게 가는 거야

나는 그대의 어디쯤 있을까.

박근철

오늘따라 몰아친 그리움에
옷고름 풀려버린
허한 마음이 고독해진다.

가시덤불에 산새
지저귀며 날개인 모습에서
정다웠던 날들이 입가에 뜬다.

석양은 바람에 재를 넘고
그리움으로 꿈틀대는 나는
그대의 어디쯤 있을까.

대한문인협회 광주전남지회 동인문집

세월을 잉태하여

초판 1쇄 : 2016년 11월 11일

지 은 이 :

　　김강좌 김창환 김형근 박근철 유동진

　　윤득모 정병근 정찬열 주일례

펴 낸 이 : 대한문인협회 광주전남지회

엮 은 이 : 김락호

디자인 편집 : 이은희

기 획 : 시음사

인 쇄 : 청룡

연 락 처 : 1899-1341

홈페이지 주소 : www.poemmusic.net

E-Mail : poemarts@hanmail.net

정가 : 10,000원

ISBN : 979-11-86373-52-1